Wintersonne

AF159438

Alexander Brandl (Hrsg.)

Provokante Engel

Kürzlich ruft mich eine Freundin an, die ich seit Langem nicht mehr gesprochen habe. Ihre erste Frage lautet: »Wie geht's dir?«

Und ich berichte ausführlich. Vom Beruf, von Herausforderungen, von neuen Projekten, die mich beschäftigen, von den vielen Terminen und Überstunden, gerade jetzt am Jahresende. »Äh – Entschuldigung«, unterbricht mich meine Bekannte, »ich habe dich nicht gefragt, was du alles machst und schaffst und leistest. Ich wollte wissen, wie es dir geht.« Erst bin ich irritiert.

Dann aber fasse ich mir ein Herz und erzähle, wie's mir geht. Wie's mir wirklich geht: »Manchmal bin ich kraftlos und mutlos.« Und sie erzählt, wie's ihr geht. Und wir reden. Zwei Stunden lang. Wir lachen, wir schimpfen, wir trösten uns, wir scherzen, wir ärgern uns. Und erstmals seit Langem habe ich wieder das Gefühl, dass mein Leben mehr ist als das, was ich vollbringe.

Ich kenne nur wenige Menschen in meinem Umfeld, die so sind wie diese Freundin. So ehrlich und direkt, dass es manchmal wehtut. Ich nenne sie liebevoll: meine Engel. Denn das sind sie. Schutzengel. Sie schützen mich auch vor mir selbst. Sie waschen mir den Kopf, wenn ich drohe, mich in Selbstmitleid zu verlieren. Sie sind eine Provokation. Eine Zumutung.

So wie die Engel der Bibel. Ungefragt sind sie einfach da. Im Haus der Maria, im Kopf und in den Träumen des Josef, bei den Hirten und Hirtinnen während der Arbeit. Noch bevor diese etwas erwidern können, werfen die Engel ihnen ihre göttliche Botschaft vor die Füße: Euer Leben ändert sich jetzt komplett. Ein Kind soll geboren werden, ein König, der Sohn Gottes. Ob Maria und Josef ihr Los angenommen hätten, wenn man ihnen Bedenkzeit gegeben hätte? Ich weiß es nicht. Aber Engel geben keine Bedenkzeit. Sie sind forsch und ungestüm. Sie wissen, was gut für uns ist, bevor wir selbst es wissen. Ich will auf die Engel in meinem Leben hören, wenn sie mich herausfordern und auf neue, unbekannte Wege führen.

ALEXANDER BRANDL

Alleinsein

*Erlaube dir,
allein zu sein.
Allein mit deinem Herzschlag,
wie die Schleie am Grund des Sees
und der Siebenschläfer in seiner Höhle,
umschlossen von einer Welt,
die sich um das Wesentliche kümmert.
Allein mit deinen Gedanken,
die unausgesprochen in dir überwintern,
um eine Weile zu ruhen
und neue Kräfte zu sammeln,
bevor sie kommende Weiten bereisen.*

*Erlaube dir,
allein zu sein.
Allein mit allem Unfertigen
und Ungetrösteten,
das wie Gräser unter Raureif
empfindsam und zerbrechlich ist
und deiner Behutsamkeit bedarf.
Allein mit tiefer Stille,
die dich bewohnt,
dich durch die Jahreszeiten trägt
und dir die Schönheit aller Dinge
wie ein Geschenk in dein Alleinsein legt.*

GIANNINA WEDDE

Gott,
sende zu mir deinen Engel des Glanzes,
dass meine Seele froh,
meine Gedanken hell,
mein Herz ruhig
und meine Seele dankbar werden.
Sende zu mir deinen Engel der Wahrheit,
dass ich still werden kann vor ihm,
dass ich Staunen lerne bei ihm,
dass ich meine Grenzen erkenne an ihm,
dass ich deine Güte spüre durch ihn.
Sende zu mir deinen Engel der Tat,
dass ich mittrage, wo Lasten schwer sind,
dass ich tröste, wo Klage laut wird,
dass ich verbinde, wo Wunden offen sind,
dass ich heile, wo Seelen weinen.
Gott, mache mich zum Spiegel deines Lichtes.

THIES GUNDLACH

Elija wanderte allein weiter, einen Tag lang nach Süden in die Steppe hinein.
Dann setzte er sich unter einen Ginsterstrauch und wünschte den Tod herbei.
»Herr, ich kann nicht mehr«, sagte er. *»Lass mich sterben!
Ich bin nicht besser als meine Vorfahren.«* Dann legte er sich unter den
Ginsterstrauch und schlief ein.

Aber ein Engel kam, weckte ihn und sagte: *»Steh auf und iss!«*

Als Elija sich umschaute, entdeckte er hinter seinem Kopf ein frisches Fladenbrot und einen Krug mit Wasser. Er aß und trank und legte sich wieder schlafen.
Aber der Engel des Herrn weckte ihn noch einmal und sagte:

»Steh auf und iss! Du hast einen weiten Weg vor dir!«

Elija stand auf, aß und trank und machte sich auf den Weg.
Er war so gestärkt, dass er vierzig Tage und Nächte ununterbrochen wanderte,
bis er zum Berg Gottes, dem Horeb, kam. Dort ging er in die Höhle hinein
und wollte sich darin schlafen legen. Da hörte er plötzlich die Stimme des
Herrn: *»Elija, was willst du hier?«*

Elija antwortete: *»Herr, ich habe mich leidenschaftlich für dich,
den Gott Israels und der ganzen Welt, eingesetzt;
denn die Leute von Israel haben den Bund gebrochen,
den du mit ihnen geschlossen hast; sie haben deine Altäre
niedergerissen und deine Propheten umgebracht.
Ich allein bin übrig geblieben und nun wollen sie auch mich
noch töten.«*

Der Herr sagte: *»Komm aus der Höhle und tritt auf den Berg
vor mich hin! Ich werde an dir vorübergehen!«*

Da kam ein Sturm, der an der Bergwand rüttelte, dass die Felsbrocken flogen. Aber der Herr war nicht im Sturm. Als der Sturm vorüber war, kam ein starkes Erdbeben. Aber der Herr war nicht im Erdbeben. Als das Beben vorüber war, kam ein loderndes Feuer. Aber der Herr war nicht im Feuer. Als das Feuer vorüber war, kam ein ganz leiser Hauch. Da verhüllte Elija sein Gesicht mit dem Mantel, trat vor und stellte sich in den Eingang der Höhle.

1. KÖNIGE 19,4-13

Schöne Nacht

Schöne Nacht, Gestirne wandeln
Heilig über dir,
Und des Tags bewegtes Handeln
Stillt zum Traum sich hier.
Was ich sehne, was ich fühle,
Ist nun doppelt mein,
Ach in deiner keuschen Kühle
Wird es gut und rein!
Und so bringst du diese Erde,
Bringst mein Herz zur Ruh,
Daß es still und stiller werde,
Schöne Nacht, wie du!

CARL BUSSE
(1772–1829)

Sternkrippe

In sieben-
tausend Licht-
jahren entfern-
ten Sternkrippen
werden neue Himmels-
lichter geboren,
von Augenzeugen
jubelnd begrüßt
und getauft
ein Weltraumteleskop
steht Pate.

Was ist dagegen der
eine, der namenlose, der
lang schon verheißene, der
wandernde Stern, der
mit der Anziehungskraft, der
von Engeln besungene, der
hunderttausend Sternen
nicht weicht, der
Jakobs, der
aufging?

Ganz zu schweigen von der
Krippen, für die Worte
wie armselig stehn,
die mit dem Heu und dem Stroh,
erinnere dich;
es gab eine Zeit,
da konntest du
selber dich biegen
zu so einer Wiegen,
konntest dich
nicht sattsehn
an der Geschichte,
die da geschah

EVA ZELLER (1923–2022)

magier aus dem osten

heiden waren es wohl
bei denen die sehnsucht brannte
und die unruhe noch tobte

sterndeuter könnten es gewesen sein
welche nächtelang ausschau hielten
und kleinste zeichen noch bedeutung hatten

magier vielleicht auch
die an verwandlung glaubten
und an den zauber tiefer wörter

königen glichen sie
weil sie der würde gestalt gaben
und großzügig verschenkten

weise waren es gewiss
da sie die wahrheit suchten
und im kleinen das große entdeckten

THOMAS SCHLAGER-WEIDINGER

Weihnachten
auf Verdacht

Also: Wer hat versprochen,
dass es beim Stern hell wird?
Eine Stimme.
Ist Verlass auf Stimmen?

Immer ziehen wir auf Verdacht los,
schlingern über Grünstreifen,
streifen die Bande und können die Spur
nicht immer halten.
Und kommen erstaunlich oft heil an.

Man ist auf das Leben nicht vorbereitet.
Man hat seine fünf Sinne, auf dem Land
sechs, und auch ein Gehirn.
So entsichert wird man geboren.
Jesus auch.

Wenn nicht geht, was wir wollen,
geht Besseres.

Lena wollte ihren neuen Mann Zuhause
zeigen zu Weihnachten, Überraschung!

Er hatte sich eine französische Gans vorgestellt, also zum Essen, die er mitgebracht hätte, vor allem aber ihr gemeinsames Kind unterm Herzen. Käme Jesus und wäre unser Gast, segnete er, was er beschert hätte. Alles anders diesmal wegen krank.

Jetzt legen sie ab dem 4. Advent täglich etwas vor die Wohnung: Kindersocken, Mützchen, einen Schnuller und das Bild einer Gans, die sie im Hochsommer neben der Tanne im Park auf der Picknickdecke mit den Eltern verspeisen werden.

Lebenslang wird das Neugeborene improvisieren müssen – wie seine Eltern und Großeltern.

Sascha darf zu Weihnachten gar nichts, denn er hat Dienst auf Intensiv. Manchmal zündet er heimlich eine Kerze an, neben den Apparaten, nur kurz. Während sie brennt, betet er: Gott, komm mal hierher bitte.

Jetzt! Dann zeigt er der Kerze für drei Atemzüge den Menschen im Bett – wenn die Flamme brennt, ist sein Gott da, das hat er im Krieg in Sarajevo geübt. Da war die kleine Flamme stärker als die großen.

Anderntags atmet Frau Kösel wieder selber. Sie hat es sich überlegt und möchte am Leben bleiben. Zufall?

Sven spielt abends auf seinem Balkon mit kalten Fingern auf der Gitarre Lieder. Er hat nie vor Leuten gespielt, schon gar nicht gesungen. Jetzt singt er das Halleluja von L. Cohen. Nur das, mehr kann er nicht.

Wir sind auf das Leben nicht vorbereitet. Nie. Wir sind das Wehrloseste, was sich die Natur hat ausdenken können. Nackt und zu früh geboren, um selber zu laufen. Ausgestattet mit einer Haut, dann mit einem Hemd für die Haut, dann mit Häusern für Hemd und Haut – und zum Schluss mit Kirchen, dieser Haut aus Sinn. Wer denkt sich sowas aus? Wer spürt, dass alles fließt und sich miteinander bewegt. Wer bereit ist, sich auf die Stimme zu verlassen, die sagt: beim Stern wird es hell. Die vertrauen sind bereit, weit zu gehen. Unvorbereitet. Und es geht.

Maria klopft gegen Türen, die verstummen. Josefs Hemd ist nass. Das Wesen im Bauch zappelt. Die Apparate melden erhöhte Temperatur. Der Esel tut, was er soll: weitergehen. Und es erscheinen Suppentöpfe, Socken, Kerzen und Klänge wie von weit her. Unvorbereitete Ochsen, verwirrte Wirte, magische Herrschaften.

Über ihnen der Stern.

Also: Geht los – es wartet einer auf Euch, der ist unvorbereitet wie alle. Er wird unterwegs lernen, wie es ist, göttlich zu werden. Genau das wird er uns, seinen Geschwistern, zeigen.

Also: Fürchtet euch nicht.

THOMAS HIRSCH-HÜFFELL

Jesu **Geburt**

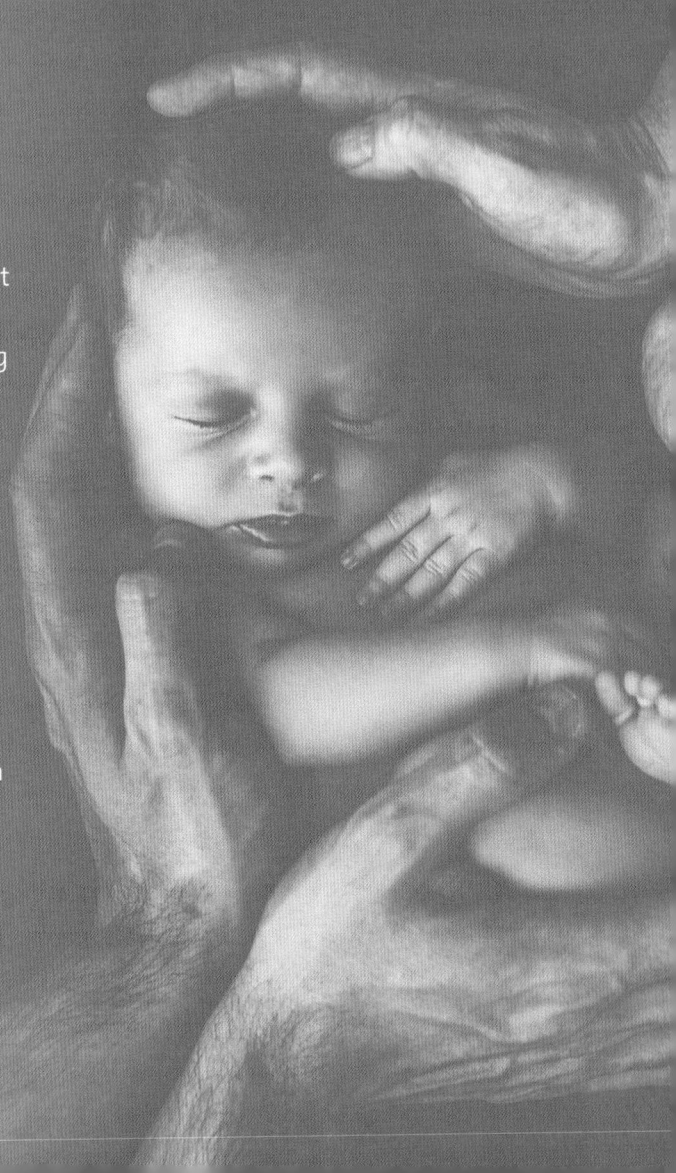

¹*Es begab sich aber zu der Zeit,* dass ein Gebot von dem Kaiser Augustus ausging, dass alle Welt geschätzt würde. ² Und diese Schätzung war die allererste und geschah zur Zeit, da Quirinius Statthalter in Syrien war. ³ Und jedermann ging, dass er sich schätzen ließe, ein jeglicher in seine Stadt.

⁴ *Da machte sich auf auch Josef aus Galiläa,* aus der Stadt Nazareth, in das judäische Land zur Stadt Davids, die da heißt Bethlehem, darum dass er von dem Hause und Geschlechte Davids war, ⁵ auf dass er sich schätzen ließe mit Maria, seinem vertrauten Weibe; die war schwanger. ⁶ Und als sie daselbst waren, kam die Zeit, dass sie gebären sollte. ⁷ Und sie gebar ihren ersten Sohn und wickelte ihn in Windeln und legte ihn in eine Krippe; denn sie hatten sonst keinen Raum in der Herberge.

⁸ *Und es waren Hirten in derselben Gegend auf dem Felde bei den Hürden,* die hüteten des Nachts ihre Herde. ⁹ Und des Herrn Engel trat zu ihnen, und die Klarheit des Herrn leuchtete um sie; und sie fürchteten sich sehr. ¹⁰ Und der Engel sprach zu ihnen: Fürchtet euch nicht! Siehe, ich verkündige euch große Freude, die allem Volk widerfahren wird; ¹¹ denn euch ist heute der Heiland geboren, welcher ist Christus, der Herr, in der Stadt Davids. ¹² Und das habt zum Zeichen: Ihr werdet finden das Kind in Windeln gewickelt und in einer Krippe liegen. ¹³ *Und alsbald war da bei dem Engel die Menge der himmlischen Heerscharen,* die lobten Gott und sprachen: ¹⁴ Ehre sei Gott in der Höhe und Friede auf Erden bei den Menschen seines Wohlgefallens.

¹⁵ *Und da die Engel von ihnen gen Himmel fuhren,* sprachen die Hirten untereinander: Lasst uns nun gehen gen Bethlehem und die Geschichte sehen, die da geschehen ist, die uns der Herr kundgetan hat. ¹⁶ Und sie kamen eilend und fanden beide, Maria und Josef, dazu das Kind in der Krippe liegen. ¹⁷ Da sie es aber gesehen hatten, breiteten sie das Wort aus, welches zu ihnen von diesem Kinde gesagt war. ¹⁸ Und alle, vor die es kam, wunderten sich über die Rede, die ihnen die Hirten gesagt hatten. ¹⁹ Maria aber behielt alle diese Worte und bewegte sie in ihrem Herzen. ²⁰ Und die Hirten kehrten wieder um, priesen und lobten Gott für alles, was sie gehört und gesehen hatten, wie denn zu ihnen gesagt war.

LUKAS 2,1-20

Die anders heilige Familie

Erst mal googeln, denke ich mir. Ich soll hier auch was über die Heilige Familie schreiben. Mein Problem: Ich kenne viele Familien. Und die sind alles mögliche. Zerstritten zum Beispiel. Manchmal liebevoll im Umgang (so lange keines der Mitglieder zwischen 13 und 16 Jahre alt ist). Oder nach einer Scheidung kreativ neu zusammengefügt. Manche Familien sind heil. Andere nur auf den ersten Blick. Ich kenne Menschen, die alleine leben. Heiligabend verbringen sie mit Freunden. »Meine Familie«, sagen sie. Ich kenne Mama, Mama, Kind. So viele Familien. Und welche von ihnen ist jetzt heilig?

Die Suchmaschine spuckt als ersten Treffer einen Wikipedia-Eintrag aus. Der heißt »Die heilige Familie«. Volltreffer, denke ich. Was ich erwarte: Maria und Josef. Was ich bekomme: Marx und Engels. Klassenkampf statt Krippe. Die zwei haben eines ihrer Werke nach der Heiligen Familie benannt. Ein Gag der beiden Denker, wie sich herausstellt. Hier komme ich mit meiner Suche also nicht weiter. Ich versuche es auf der Gegenseite. Vielleicht versteckt sich die Heilige Familie im Kapitalismus. Und tatsächlich. Dort werde ich fündig. Für den bundesdeutschen Handel ist die Familie heilig. Am heiligsten sind junge Familien mit Neugeborenen im Jesuskind-Alter.

35 Prozent der Ausgaben für Baby- und Kinderausstattung entfallen laut dem Institut für Handelsforschung auf Null- bis Zweijährige. Für die Branche immer wichtiger werden »Momfluencer«. Sie geben in sozialen Medien Einblick in ihren Familienalltag. Einfach so. Wie nett.

Die WirtschaftsWoche schreibt: Bei den 25 reichweitenstärksten Momfluencern ist fast jeder vierte Beitrag werblich.

Familie als lukratives Geschäftsmodell? Da reihen sich auch Maria, Josef und das Jesuskind ein. Letztens habe ich gelesen, dass junge Familien wieder mehr Krippen kaufen. Aus Nostalgie-Gründen vielleicht. Ein bisschen gute alte Zeit ins Wohnzimmer holen. Es stimmt schon: Wem geht nicht das Herz auf beim Anblick dieser innig verbundenen Kleinfamilie? Schweigend und geduldig stehen sie da – und sind Zeugen von knallenden Türen, motzenden Teenagern und vorwurfsvollem Schweigen zwischen Paaren, die sich schon seit Jahren nichts mehr zu sagen haben. Was Familie ist und was sie nicht ist – die hölzerne Heilige Familie hält ihren Betrachtern den Spiegel vor. Alle Jahre wieder.

Aber was macht diese Familie eigentlich so heilig? Die einfachste Antwort: Der Gottessohn. Aus dem wird noch mal was, verkünden die Engel. Revolution liegt in der Luft. Maria, noch schwanger, sieht schon die Mächtigen vom Thron stürzen. König Herodes sieht sich stürzen – und reagiert mit blanker Gewalt. Josef sieht sich in Verantwortung – und wird Patchwork-Vater eines Ziehkindes. Diese Familie steht nicht für Beständigkeit. Sie steht für Umbruch. Sie schert sich weniger um das Althergebrachte. Aber sie schert sich umeinander. Um die Liebe. Um Gott. Ist das schon heilig?

Das Wort »heilig« hat eine teils unheilige Karriere hinter sich. Heilig heißt oft: rein, makellos, moralisch korrekt. Heilig ist irgendwie ein bisschen langweilig. Aber im Neuen Testament sind Heilige nicht nur die Guten. Es sind alle, die sich sehnen. Nach einer Liebe, die nicht von dieser Welt ist. Es sind die, die die Welt nicht einfach akzeptieren, wie sie ist. Es sind die, die Christus nachfolgen, weil sie sagen: Wir wollen den Herrscher, der in einer Futterkrippe zur Welt kommt und auf einem schäbigen Esel reiten wird. Wir glauben, dass das Göttliche sich durchsetzen wird und nicht unsere menschliche Tendenz zu Krieg, gewaltsamer Grenzverschiebung und Terror. Wir sind die, die Gott sieht und nicht lässt. Und damit gehören wir alle zur heiligen Familie.

ALEXANDER BRANDL

Wütendes Liebeslied

*Traurig bin ich,
geh zur Ruh.
Decke mich mit
Deinem Körper zu!
Nackt und hilflos
Mund bei Mund:
Draußen gehen
Feld und Wald zugrund.
Während Liebe
leben will,
droht uns höhnisch
schon der Overkill.
Eiszeit! Doch mit
Dir im Arm
fühl ich wieder
wütend mich und warm.*

KURT MARTI (1921–2017)

Ein freundliches Wort
kann drei Wintermonate
wärmen.

JAPANISCHES SPRICHWORT

Gottflamme Du Schöne

*Auflodernde Lebensglut Ewige
Dein Glanz unzerstörbar Du Einzige
hast mich berührt mich beim Namen gerufen
das Feuer entzündet in Brand gesetzt bin ich
und schreibe und schreie und singe für Dich
meine Lichtkönigin mit glühenden Wortfunken
will ich Dich preisen und bitten und klagen
Du Ehrfurchtgebietende
flammende Schönheit Du schmilzt jedes Auge
verbrenne mich nicht Gott
sei nah mir und ferne ich will Dich umkreisen
und ahne und spüre Dich liebe Dich Gott
zu meinem Heil und zu Deiner Ehre*

CAROLA MOOSBACH

Psalm 36.
Licht-Schöpfung

Gott sprach:
Es werde Licht!
Die Finsternis soll weichen,
die Kälte und die Angst.
Das Licht soll sich ausbreiten,
die Wärme und Geborgenheit.
Nicht der Haß, sondern die Liebe
durchziehe die Welt.
Es werde Licht!
Das war und ist Gottes Wille.
Die Dunkelheit wird vertrieben,
Kälte und Angst besiegt,
das Licht gewinnt Raum
unter Menschen und Tieren.
Gottes Schöpfung wird licht
im dunklen All.

UWE SEIDEL (1937–2007)

Denn bei dir ist die Quelle des Lebens,
und in deinem Lichte sehen wir das Licht.

PSALM 36,10

Von guten Mächten

Von guten Mächten treu und still umgeben,
behütet und getröstet wunderbar,
so will ich diese Tage mit euch leben
und mit euch gehen in ein neues Jahr.

Noch will das alte unsre Herzen quälen,
noch drückt uns böser Tage schwere Last.
Ach Herr, gib unsern aufgeschreckten Seelen
das Heil, für das du uns geschaffen hast.

Und reichst du uns den schweren Kelch, den bittern
des Leids, gefüllt bis an den höchsten Rand,
so nehmen wir ihn dankbar ohne Zittern
aus deiner guten und geliebten Hand.

Doch willst du uns noch einmal Freude schenken
an dieser Welt und ihrer Sonne Glanz,
dann wolln wir des Vergangenen gedenken,
und dann gehört dir unser Leben ganz.

Lass warm und hell die Kerzen heute flammen,
die du in unsre Dunkelheit gebracht,
führ, wenn es sein kann, wieder uns zusammen.
Wir wissen es, dein Licht scheint in der Nacht.

Wenn sich die Stille nun tief um uns breitet,
so lass uns hören jenen vollen Klang
der Welt, die unsichtbar sich um uns weitet,
all deiner Kinder hohen Lobgesang.

Von guten Mächten wunderbar geborgen,
erwarten wir getrost, was kommen mag.
Gott ist bei uns am Abend und am Morgen
und ganz gewiss an jedem neuen Tag.

DIETRICH BONHOEFFER
(1906–1945)

Du gehörst dem Licht
und nicht der Angst

Was würdest Du machen, wenn Du keine Angst hättest?

Einfach aufstehen, ohne Plan und ohne Kontrolle.
Einfach liegenbleiben.
Endlich die Wahrheit sagen.
Endlich gehen.
Endlich bleiben können.
Ein Buch schreiben.
Mich auf öffentlichen Toiletten hinsetzen.
Horrorfilme richtig anschauen, anstatt immer nur die Handlung zu googeln.
Fallschirm springen.
Meinen Vater in den Arm nehmen.
Alles anders.

Was würdest Du machen, wenn Du keine Angst hättest?

Diese Frage stellte jemand vor ein paar Tagen auf Twitter. Eine harmlose und einfache Frage. Und eine mit Antworten, bei denen ich Gänsehaut bekam. So viel Angst? So viel ungelebtes Springen, Reden, Umarmen, Rennen, Lieben, Küssen.

So viel Angst zwischen mir und dem Leben?

Oder ist es anders? Ist es eine berechtigte Angst, die mich davor bewahrt, zu springen? Ist es die Vernunft, dass man vom Bücherschreiben meistens doch nicht leben kann? Ist es die Erfahrung, die uns klüger macht? Und ist Angst eine gute Ratgeberin? Ja, manchmal schon. Weil die Angst mir zeigt, wo meine Grenzen liegen. Wo meine Wohlfühlzone aufhört. Und sie zeigt mir, wo der Abgrund anfängt.

Was würdest Du machen, wenn Du keine Angst hättest?

Gab es einen Moment in Deinem Leben, wo Du sagen würdest: »Gut, dass ich Angst hatte? Gut, dass meine Angst mich bewahrt hat?« Ich hab mir diese Frage beim Predigtschreiben auch gestellt. Aber mir ist nichts eingefallen. Ich habe es versucht. Gut, dass ich damals Angst hatte, sonst ...! Aber ich kann den Satz nicht vervollständigen. Mir fällt nichts ein. Als ob da, wo die Angst war, ein dunkler Vorhang über meine Erinnerung gefallen wäre. Als ob die Angst auch das verdeckt, was möglich gewesen wäre.

Was würdest Du machen, wenn Du keine Angst hättest?

Keine Angst vor dem Versagen. Vor dem Scheitern. Das ist doch die Angst, oder? Dass wir tief fallen könnten. Dass wir unser Leben, wie es jetzt ist, für etwas aufs Spiel setzen.

Ich hab Angst, verletzt zu werden. Vor ehrlichen Antworten auf meine Fragen.

Ich hab Angst, Menschen zu enttäuschen.

Ich hab Angst, zu verlieren. Das Glück. Die Sicherheit.

Ich hab Angst, zu scheitern mit diesem Leben. Ich hab ja nur das eine.

Und es waren Hirten in derselben Gegend auf dem Felde, die hüteten des Nachts ihre Herde. Und der Engel des Herrn trat zu ihnen. Und die Klarheit des Herrn leuchtete um sie. Und sie fürchteten sich sehr. Und der Engel sprach zu Ihnen: »Fürchtet Euch nicht! Siehe, ich verkündige Euch große Freude, die allem Volk widerfahren wird: Denn Euch ist heute der Heiland geboren, welcher ist Christus, der Herr, in der Stadt Davids. Und das habt zum Zeichen: Ihr werdet finden das Kind in Windeln gewickelt und in einer Krippe liegen.« Und alsbald war da bei dem Engel die Menge der himmlischen Heerscharen, die lobten Gott und sprachen: »Ehre sei Gott in der Höhe und Friede auf Erden und den Menschen ein Wohlgefallen.«

Draußen auf dem Feld, bei den Schafen stehst Du. Und dunkel ist es um Dich. So dunkel. So dunkel in der Angst. Die Angst baut Schreckgespenster. Erinnert sich an all die alte Angst: ... *(flüstert)* »So wie damals, als Du auch dachtest, alles wird gut, und dann? Dann war der Schmerz so, so groß und die Dunkelheit tiefer und schwärzer als vorher.«

Und die Angst sitzt so tief, dass sie dein Herz fest in der Hand hat.

Und dann ist da der Engel. Vor Dir. Über Dir. Und die Klarheit leuchtet um Dich. Klar und hell und es leuchtet. Leuchtet mehr als die Angst. Ist mehr als die Dunkelheit.

Und Du fürchtest Dich sehr. Weil das Licht in all die dunklen Ecken scheint. Es will Dich herausziehen aus Deiner Ecke. Zeigt Dir die Staubschicht auf den Träumen. Zeigt Dir die abgelegte Sehnsucht, zerknüllt in der letzten Ecke des Kleiderschranks liegen.

»Fürchte Dich nicht!«, sagt der Engel. »Schau, wie viel Schönes vor Dir liegt. Schau, auch wenn Du es mit Deinen Augen noch nicht sehen kannst. Schau, wirklich, ich weiß es. Vor Dir liegt noch so viel Licht.«

Und Du fragst nach den Beweisen. Du fragst nach der Garantie. Nach der Rückgabegarantie, nach dem Kassenzettel. Ohne den kann man nicht umtauschen, oder?

»Ach, Beweis«, sagt der Engel. »Ja, hier. Siehst Du den Stern? Da hinten? Der, der heller leuchtet als die anderen. Da ist er.«

Und Du fragst nach Fristen. »Bis wann kann ich es mir überlegen? Sie müssen schon verstehen, das kann ich jetzt nicht einfach so entscheiden, von jetzt auf gleich.«

»Ja«, sagt der Engel, »die Frist ist heute Nacht. Jetzt gleich.«

Und Du fragst nach der Sicherheit. »Wie hoch ist die Wahrscheinlichkeit, dass …? Denn weißt Du, dunkel ist es doch hier schon und wenn es dann noch dunkler wird und nicht heller?«

Da wird der Engel ganz leise: »Das hab ich zum Zeichen. Da ist ein Kind geboren. Es ist da, wo es nicht hingehört. Es hätte eigentlich gar nicht geboren werden sollen. Es ist alles so ganz anders gewesen, als geplant. Aber jetzt ist es da.

Und ich glaube, Du solltest es sehen.«

»Fürchte Dich nicht«, sagt er nochmal. Und all das Dunkle ist nicht weniger geworden. Es ist immer noch da. Aber das Licht auch.

Was würden Sie machen, wenn Sie keine Angst hätten?

Sich auf öffentlichen Toiletten hinsetzen? Die Wahrheit sagen? Den Brief öffnen? Endlich gehen? Ihr sagen, dass sie sie lieben?

Das Leben macht uns so viel Angst. Wir haben keinen Kassenzettel, keine Umtauschgarantie. Wir haben keine Belege.

Wir haben keine Garantie. Weder mit dem sicheren Job noch mit dem Bücherschreiben. Weder auf das Leben unserer Kinder noch auf die Liebe unseres Lebens.

Und dann sagt der Engel: »Fürchte Dich nicht.« Und hat als Beweis, als Zeichen, nur dieses Kind. Als ob Gott, als Kind in einer Krippe, all das auffangen, all das ablösen würde. Als ob es reichen würde, dass Gott zur Welt kommt. Als ob es die Welt heller machen würde.

Als ob die Dunkelheit dann weniger dunkel und weniger gefährlich wäre.

Und ja, genau das meint er, der Engel. Zu den Hirten. Zu mir. Zu Dir.

Fürchte Dich nicht. Das reicht. Sagt er. Es reicht, dass ein Kind geboren wird, trotz allem. Es reicht, dass Du weißt, was Liebe ist. Es reicht, dass Du in der Dunkelheit tappst und das Licht suchst.

Es reicht, dass Du das Licht gesehen hast.

Es ist gut, dass Du das Licht siehst. Hab keine Angst vor dem Licht. Hab keine Angst vor der Klarheit des Engels. Hab keine Angst vor dem Licht, das in Deine dunklen Ecken fällt. Fürchte Dich nicht, sagt der Engel. Gott gibt Dir keine Garantie. Und als Beweis nur ein Kind.

Gott gibt Dir keinen Umtauschbon. Und als Beleg nur einen Stern.

Gott ist das Licht. Gott ist das Licht, das die Angst wegnimmt. Weil sie Dir den Atem raubt. Die Kraft nimmt. Die Sehnsucht wegsperrt. Gott ist das Licht, das Deine Dunkelheit nicht stehen lassen kann. Weil Du dem Leben Dein Leuchten schuldest. Weil Du nicht Deiner Dunkelheit gehörst. Sondern dem Leuchten in Dir. Weil Du dem Licht gehörst und nicht der Angst. Du gehörst der Klarheit des Engels.

Was würdest Du machen, wenn Du keine Angst hättest?

Fürchte Dich nicht, denn Euch ist heute der Heiland geboren, welcher ist Christus, der Herr in der Stadt Davids.

SABRINA WILKENSHOF

Der Segen Aarons

Gott,
der Ursprung
und Vollender aller Dinge,
segne dich,
gebe dir Glück und Gedeihen
und Frucht deiner Mühe,
und behüte dich,
sei dir Schutz in Gefahr
und Zuflucht in Angst.
Er lasse leuchten sein Angesicht über dir,
wie die Sonne die Erde wärmt
und Freude gibt dem Lebendigen,
und sei dir gnädig.
Er löse dich von allem Bösen
und mache dich frei.
Er sehe dich freundlich an,
er sehe dein Leid,
er heile und tröste dich.
Er gebe dir Frieden,
das Wohl des Leibes
und das Heil der Seele.
Amen.
Gott will es.
Gott selbst.
So steht es fest
nach seinem Willen
für dich.

JÖRG ZINK
(1922–2016)

Wer unter dem Schutz des Höchsten wohnt,
wer im Schatten des Gewaltigen die Nacht verbringt,
der sagt wie ich über den Herrn:
»Meine Zuflucht ist er und meine Burg,
mein Gott, dem ich vertraue!«
Er breitet seine Schwingen aus über dir.
Unter seinen Flügeln findest du Zuflucht.
Wie ein Schild schützt dich seine Treue,
wie eine Schutzmauer umgibt sie dich.

PSALM 91,1-2.4

Neun Monate Schweigen

Einmal hatte Zacharias im Tempel Gottesdienst zu halten. Da erschien ihm ein Engel des Herrn. Der Engel sagte zu ihm: »Fürchte dich nicht, Zacharias! Dein Gebet ist erhört worden. Deine Frau Elisabet wird dir einen Sohn schenken. Dem sollst du den Namen Johannes geben.« Da sagte Zacharias zu dem Engel: »Woran kann ich erkennen, dass es so kommt? Denn ich bin ein alter Mann, und auch meine Frau ist schon alt.« Der Engel antwortete: »Gott hat mich gesandt, um mit dir zu reden und dir diese gute Nachricht zu bringen. Doch nun höre: Du wirst stumm sein und nicht reden können bis zu dem Tag, an dem das eintrifft. Denn du hast meinen Worten nicht geglaubt. Sie werden aber in Erfüllung gehen, wenn die Zeit dafür gekommen ist.«

Bald darauf wurde seine Frau Elisabet schwanger. Sie zog sich fünf Monate lang völlig zurück. Sie sagte: »Das hat der Herr an mir getan. Jetzt hat er sich um mich gekümmert und mich von der Verachtung der Menschen befreit.«

Für Elisabet kam schließlich die Zeit der Geburt, und sie brachte einen Sohn zur Welt. Ihre Nachbarn und Verwandten hörten, dass der Herr ihr so große Barmherzigkeit erwiesen hatte. Sie wollten ihm den Namen seines Vaters Zacharias geben. Aber seine Mutter widersprach: »Nein, er soll Johannes heißen!« Sie hielten ihr entgegen: »Es gibt niemanden in deiner Verwandtschaft, der so heißt.« Da fragten sie seinen Vater durch Zeichen:

»Wie soll er heißen?« Er verlangte ein Wachstäfelchen und schrieb: »Er heißt Johannes.«
Im selben Augenblick konnte Zacharias wieder sprechen. Da begann er, Gott zu loben. (Nach: Lukasevangelium 1,8-25.57-64; gekürzt)

Neun Monate Schweigen. Und dann: eine Erkenntnis. Gottes Wege, ich verstehe sie nicht. Aber sie sind gut.

Neun Monate Schweigen. Wann ist es mir zuletzt neun Stunden lang gelungen, bewusst zu schweigen? Oder neun Minuten?

Neun Monate Schweigen. Manchmal braucht ein einzelner Gedanke so lange wie ein ganzer Mensch im Bauch seiner Mutter.

Neun Monate Schweigen. Wie viele Worte spreche ich in neun Monaten? Würde ich die Wörter in eine Waagschale legen, wie viel Stille bräuchte es, um sie aufzuwiegen?

Neun Monate Schweigen. Was hält mich davon ab?

Neun Monate Schweigen. Vielleicht nicht am Stück, sondern immer wieder.

Neun Monate Schweigen. Und innerlich brüllen und schreien vor Hilflosigkeit in einer Welt, in der so vieles mein Leben beeinflusst, das ich nicht in der Hand habe.

Neun Monate Schweigen. Neun Monate Machtlosigkeit. Bin ich danach machtloser?

Neun Monate Schweigen. Wie wäre danach mein Reden?

Neun Monate Schweigen. Und dann: Gott loben.

ALEXANDER BRANDL

Verabredung

*Du wirst mich am Morgen spüren,
ich bin der Nebel
und führe dich.
Du wirst mich am Ufer treffen,
ich bin das Wasser
und spiegle dich.
Du wirst mich am Abend sehen,
ich bin der Schatten
und stütze dich.*

HORST BINGEL (1933–2008)

Geburt Christi

Hättest du der Einfalt nicht, wie sollte
dir geschehn, was jetzt die Nacht erhellt?
Sieh, der Gott, der über Völkern grollte,
macht sich mild und kommt in dir zur Welt.

Hast du dir ihn größer vorgestellt?

Was ist Größe? Quer durch alle Maße,
die er durchstreicht, geht sein grades Los.
Selbst ein Stern hat keine solche Straße.
Siehst du, diese Könige sind groß,

und sie schleppen dir vor deinen Schoß

Schätze, die sie für die größten halten,
und du staunst vielleicht bei dieser Gift –:
aber schau in deines Tuches Falten,
wie er jetzt schon alles übertrifft.

Aller Amber, den man weit verschifft,

jeder Goldschmuck und das Luftgewürze,
das sich trübend in die Sinne streut:
alles dieses war von rascher Kürze,
und am Ende hat man es bereut.

Aber (du wirst sehen): Er erfreut.

RAINER MARIA RILKE (1875–1926)

*Un*verdient

Aller Anfang ist schwer. Der Anfang einer ernstgemeinten Entschuldigung. Der Anfang einer Reise mit zu viel Gepäck. Der erste Schritt nach einer Niederlage.

Aller Anfang ist schwer. Das dachte sich auch Johannes Haushofer. Eine Freundin hatte ihm von ihrer letzten Bewerbung erzählt. Abgelehnt. Schon wieder. Nicht das erste und wahrscheinlich auch nicht das letzte Mal. Johannes Haushofer wollte sie trösten, ihr Mut machen für einen neuen Anfang. Ihr sagen, dass er wüsste, wie sie sich fühlte. Er war inzwischen ein ziemlich erfolgreicher Wissenschaftler geworden, aber auch er kannte das Gefühl, abgelehnt zu werden, ziemlich gut.

Also schickt er seiner Freundin seinen eigenen Lebenslauf. Aber ein ehrlichen. Einen, in dem all das drinstand, was schiefgegangen war in den letzten Jahren. Er listete auf, welche Forschungsprojekte ins Leere gelaufen waren und welche Stellen er nicht bekommen hatte. All das, was er sonst verschwieg, schrieb er detailliert auf.

Schließlich schickte er diesen Lebenslauf nicht nur an seine Freundin. Er stellte ihn online. Und die Resonanz war unvorstellbar groß. Weil es auf eine krude Art und Weise entlastend ist, wenn andere scheitern. Weil es das eigene Scheitern verständlicher, ja, leichter macht. Ich glaube, nicht aus Schadenfreude. Nicht, weil wir anderen ihr Glück nicht gönnen. Sondern weil wir merken: Anderen geht es auch nicht anders als uns. Auch sie scheitern, auch bei ihnen läuft nicht immer alles glatt. Johannes Haushofer beginnt seinen ehrlichen Lebenslauf mit dem Satz: »Das meiste, was ich versuche, gelingt mir nicht. Aber diese Rückschläge sind meistens unsichtbar, während meine Erfolge sichtbar sind.«

Ich langweile Dich jetzt nicht mit der Liste meiner Misserfolge, wahrscheinlich schwirren Dir gerade nämlich Deine eigenen Szenen des Scheiterns im Kopf herum. Und da wird so einiges dabei sein: Der gute Vorsatz, endlich das Auto zu putzen, und zwar noch vor dem Winter – gescheitert. Der Versuch, einen Herrnhuter Stern zu basteln, ohne sich dabei mit dem Ehemann völlig in die Haare zu kriegen – gescheitert. Der Versuch, dem Menschen, den Du liebst und den Du so sehr verletzt hast, gegenüberzutreten und zu sagen: »Lass uns nochmal neu anfangen.« – unversucht geblieben. Gescheitert? Der Versuch, eine eigene Familie zu gründen, ein Kind zu bekommen. Es klappt nicht. Zum wiederholten Mal: nicht schwanger. Ist das auch scheitern? Ist alles, was in unserem Leben nicht gelingt, ist das, was einfach nicht gut werden will, wirklich ein Scheitern?

Es ist nicht so leicht mit der Unterscheidung zwischen Scheitern und Nicht-Gelingen und Anders-Werden. Beim Scheitern, da haben wir etwas versucht, ausprobiert. Wir haben uns reingehängt, alles gegeben – und es ist misslungen. Woran es lag? Manchmal weiß man es nicht so genau. Aber meistens schon: zu spät angefangen, nicht gut genug vorbereitet, nicht gut qualifiziert, andere hatten bessere Voraussetzungen, das Ziel war zu hochgesteckt. Anders ist es, wenn etwas nicht so kommt, wie wir es uns von Herzen erhofft haben. Auch hier weißt Du selbst wieder am besten, wann das bei Dir das letzte Mal so war. Vielleicht bist Du schon mal mit dem Leben an eine Grenze gestoßen. Du hast es Dir anders gewünscht. Und musstest es trotzdem so nehmen, wie es kam. Unverfügbar ist es manchmal, das Leben. Es gibt Bereiche, da können wir uns noch so sehr anstrengen, es ist aber nicht unser Verdienst, dass es gelingt oder eben nicht.

Mit dem Glück ist es zum Beispiel so: Wir können uns für Gerechtigkeit einsetzen und für unsere nächste Beförderung. Wir können alles tun, was in unserer Macht steht, um unseren Kindern eine gesunde, eine gute Zukunft zu ermöglichen. Aber ob ihr Leben deswegen gelingt? Ob sie glücklich werden? Das haben wir nicht in der Hand. Wir haben einen Rechtsanspruch auf einen Krippenplatz und auf einen fairen Lohn – aber auf das Glück haben wir keinen Rechtsanspruch. Glück lässt sich nicht einklagen.

Ganz ähnlich ist es mit der Liebe. Sie lässt sich auch nicht einklagen. Weil wir jemanden nicht für das lieben, was er kann und schafft. Weil wir jemanden nicht für das lieben, was ihm gelingt. Und weil wir selbst die Liebe dann am meisten spüren, wenn wir sie am wenigsten erwartet hätten, sie unverhofft da ist. Wenn die eigenen Stärken und das eigene Können und Schaffen schon längst unter einem riesigen Berg aus Misserfolgen, Rückschlägen und Verlustanzeigen begraben ist. Wenn alles Versuchen und Machen und Anstrengen ins Leere gelaufen ist.

Die Liebe und das Glück, darin sind sie sich sehr ähnlich. Geschenkt. Unverdient. Denn angestrengt hat man sich dafür nicht. Unerwartet. Denn die eigenen Gedanken gingen eigentlich ganz woanders hin. Unverhofft. Weil man sich zu hoffen nicht getraut hat. Und manchmal ganz anders verpackt, als man gedacht hat.

Viele sagen, Weihnachten sei das Fest der Liebe. Ich glaube, das stimmt nur halb. Es ist das Fest der geschenkten Liebe – von Gott geschenkt. Aus Gnade. Nicht, weil ich so ein gutes Leben geführt hätte im letzten Jahr. Nicht, weil ich so viel gebetet, gearbeitet und verziehen hätte. Nein, allein aus Gnade. Unverfügbar, wie die Liebe eben ist. Unverdient, wie das Glück uns widerfährt.

Unverhofft, weil man sich zu hoffen nicht getraut hätte: »Und sie gebar ihren ersten Sohn und wickelte ihn in Windeln und legte ihn in eine Krippe, denn sie hatten sonst keinen Raum in der Herberge.«

Das Geschenk der Liebe und des Glücks. Das Geschenk des Lebens. Weil das Glück unverdient ist und die Liebe ein Geschenk. Geschenkt wird sie uns, wenn die eigene Kosten-Nutzen-Rechnung ein Minus ergibt – »denn sie hatten sonst keinen Raum in der Herberge«.

Die Liebe Gottes ist nicht das Ergebnis eines langen Lebenslaufs voller richtiger Entscheidungen oder einer komplizierten Rechnung von oft geteilt, nie etwas abgezogen, dreimal richtig gehandelt und immer ein Plus auf dem Moralkonto. So denken wir vielleicht selbst über uns und schauen wir auf unser Leben. Mit ziemlich scharfem Blick auf das, was wir können und verdienen. Aber das ist nicht der Blick, den Gott auf uns richtet. Er löst diese Rechnung auf. Er löst unseren eigenen Anspruch ab. Er löst unsere Augen vom Blick auf unser Können und Wert-Sein. Er er-löst uns. Das ist das Geschenk, das ist der Grund, warum wir heute von einer Heiligen Nacht sprechen, in der sich Gott uns schenkt in einer Gestalt, die so unverdient, so unverfügbar ist wie die Geburt eines Kindes. Weil seine Liebe uns aus Gnade widerfährt, ohne unser Verdienst. Sie ist so, wie wir sie sehen, in der Heiligen Nacht: Unverhofft. Unverdient. Ein Wunder. Ein Kind. Geschenkt.

SABRINA WILKENSHOF

Wenn das, was ist, nicht alles ist

Was haben Sie heute Morgen gemacht?
Vielleicht Zähne geputzt, sich gewaschen, gefrühstückt? Vieles von dem, was wir den Tag über tun, läuft fast automatisch ab. Routiniert. Wir machen uns nicht jedes Mal neu Gedanken darüber, wie wir den Wasserkocher anschalten. Wir schalten ihn einfach an. Ich stell mir das bei Elisabet ähnlich vor. Sie staubt vielleicht gerade ein Regal ab, wie schon hunderte Male davor – und da klopft es plötzlich. Ihre Verwandte Maria steht vor ihr, auch schwanger. Und mit einem Mal ist nichts mehr wie zuvor.

Elisabeth hört den Gruß. Sie spürt das Kind im Bauch. Und sie erkennt: Gott ist hier. Zwischen Tür und Angel meines Lebens. Mitten in meinem Alltag. »Und Elisabeth wurde vom Heiligen Geist erfüllt«, berichtet die Bibel.

Wenn man Erzählungen der Bibel hört, könnte man den Eindruck bekommen, Gott war den Menschen damals näher als uns heute. Ich glaube das nicht. Gott war da. Gott ist da. Es kommt auf das Gespür für Gott im eigenen Leben an, auf unsere Antennen. Denn das Göttliche kündigt sich selten mit Pauken und Trompeten an. Manchmal steht es einfach vor einem. Wie bei Elisabeth. Noch bevor sie begreift – mit dem Kopf begreift – was da gerade vor sich geht, spürt sie's. Eine innere Regung ist da, im wahrsten Sinne. Und ein tiefes, untrügliches Gefühl: Gott ist da.

Mir ging das mal so, als ich mit Tüten bepackt aus einem Supermarkt kam und plötzlich mit offenem Mund stehenblieb, vor einem Regenbogen, der sich über den ganzen Parkplatz spannte. Oder als ich kürzlich an einem Grab stand, mit geschlossenen Augen, und mit einem Mal fest spürte, dass Gott uns in seiner Hand hält – im Leben und darüber hinaus.

Ich glaube, es gibt sie: Diese Momente, in denen Menschen merken, dass das, was ist, nicht alles ist. Momente, in denen wir Gott wahrnehmen. Momente, in denen unsere Antennen fein eingestellt sind. Mein Vorbild in diesem Advent ist Elisabeth: Ich will auch hinhören, hinspüren – und glauben: Gott ist da.

ALEXANDER BRANDL

Simeon

nacht für nacht
ein ganzes leben
der blick nach oben
zu den sternen

immer wieder
suchst du zukunft
und das heil
welches ewig schon
uns zugesagt

nicht entmutigt dich
der spott der lacher
die lange schon
den blick gesenkt

nicht hält dich fest
die dunkle kälte
sehnend zieht es dich
ins freie

hoffnung ist
was dich beseelt

nicht genug
ist dir der alltag
ohne ziel vertan der weg

kraft ziehst du
aus den tausend sternen
gottes funkelnden versprechen
bis das licht
in deinen händen
fast zu schnell
um zu begreifen

immer
hast du es
erhofft

gewusst

THOMAS SCHLAGER-WEIDINGER

Jeschua

Da sprach der Engel zu Josef: »Maria wird einen Sohn gebären, dem sollst du den Namen Jesus geben«. Vielleicht hat meinen Eltern auch ein Engel ins Ohr geflüstert: Ihm sollt ihr den Namen Alexander geben. Ich kenne keine Liste der beliebtesten Namen in Palästina zur Zeit Jesu. In Deutschland jedenfalls war mein Name in den Achtzigern kein Geheimtipp. Wie Christian. Oder Stefanie. Ich kenne welche, die lassen sich inzwischen lieber mit ihrem Zweitnamen ansprechen. Auch ich habe meinen Namen in die Mottenkiste verbannt. Seit meiner Jugend lasse ich mir Spitznamen geben. Ali. Alex. Oder etwas ganz anderes. Wenn mich jemand mit Alexander anspricht, fühle ich mich in die Schulbank zurückversetzt. Nein, danke.

Mich erinnert das an Jeschua. Er kam vor rund 2000 Jahren zur Welt. Aber sein Name wurde bald ersetzt. Durch Jesus. Latein statt Aramäisch. Und wenn ich ihn wieder Jeschua nenne? Ich will das für eine Weile ausprobieren. Statt Herr Jesus Christus: Jeschua. Ich merke schon am Klang: Das macht ihn für mich menschlicher. Nahbarer. Und vielleicht schaffe ich es so, auch den Namen anzunehmen, auf den ich getauft bin: Alexander. Der ist echt nichts Besonderes. Aber für diesen Jeschua bin ich etwas Besonderes. Egal wie ich heiße. Und das gilt für jeden Christian. Jede Stefanie. Und jeden einzelnen Menschen auf dieser Welt.

ALEXANDER BRANDL

Auf freiem Feld

Wer rief mir zu? Wer half mir aus?
Wer hat mich bis hierher gebracht?
In welcher Sprache redet der?
Wozu hat er an mich gedacht?

Laß die Schultern nicht mehr hängen.
Laß die Aktentasche los.
Komm aus den Gedankengängen.
Werde frei und werde groß.

Wer hat den Stern dahingestellt?
Bin ich ein Weiser? Bin ich ein Hirt?
Wie kommt der Stall in diese Stadt?
Hat sich der Engel nicht geirrt?

Laß den Pferch! Verlaß die Schafe!
Licht scheint in der Finsternis.
Sorge nicht um Sicherheiten.
Sei dem Kind kein Hindernis.

Wie komm ich hier auf dieses Feld,
wo die Atomraketen stehen?
Wer überschattet Gottes Welt?
Komm, heiliger Geist! Willst du nicht wehn?

ARNIM JUHRE

Märchentagung

Als ich die zärtlichkeit gottes erzählen wollte
mußt ich die ältesten märchen bemühen
von der nachtigall die so singt daß alle von sinnen kamen
nicht hier nicht hier

Als ich die zärtlichkeit gottes mitteilen wollte
hab ich zugehört hab ich geschwiegen
hab ich leiser gesprochen
nicht hier nicht hier

Als ich die zärtlichkeit gottes austeilen ging
sah ich den unglauben auf zwei gesichtern
eines mannes und eines mädchens
ganz langsam schmelzen
ob du es glaubst oder nicht
das war hier
das war hier

DOROTHEE SÖLLE
(1929–2003)

Der Mistkäfer und ich

Einatmen. Ausatmen. Und los. Es geht mitten hinein in den Wald. Um uns herum knackst und rauscht es. Ich bin einer von zwanzig Menschen, die ein paar Tage in einem evangelischen Kloster verbringen. Betend. Meditierend. Heute Morgen trifft sich die Gruppe am Waldrand. Auf dem Plan steht: Meditatives Spaziergehen.

Die Leiterin gibt uns eine Aufgabe mit auf den Weg: Geh drauf los. Nimm wahr, was dir begegnet. Wie steht es mit deinem Leben in Beziehung? Was will Gott dir vielleicht sagen?

Ich bin skeptisch. Der Wald soll zu mir sprechen? Aber gut – ich lasse mich ein. Wenn nichts spricht, war's wenigstens ein netter Spaziergang. Ich beobachte, wie manche vor einem moosbewachsenen Baumstamm stehen, ganz verzückt. Andere schließen die Augen, berühren einen Ast, gehen in die Hocke und betrachten einen Halm. Ein bisschen neidisch bin ich. Denn ich höre gar nix. Ungeduldig stapfe ich den Waldweg entlang. Und wäre um ein Haar voll reingetreten in die sch...öne Überraschung. Ich bleibe stehen und betrachte den Haufen. Und mittendrin bewegt sich etwas.

Ein Mistkäfer! Er müht sich sichtlich, den Berg zu bewegen. Ohne Erfolg. Schön ist er, der Käfer. Er glänzt und schillert. Und ich merke: Manchmal kommen mir die Aufgaben im Leben wie dieser Haufen vor. Und ich komme nicht weiter. Daran könnte ich schier verzweifeln. Oder es machen wie der Mistkäfer. Einfach weitermachen – aber schillernd und glänzend. Auch mal scheitern, aber schön und mit Würde. Danke, Gott, dass du uns beide so wunderbar gemacht hast.

ALEXANDER BRANDL

Lieber Gott,

sage dem Engel an der Pforte des Alten,
er möge mich gehen lassen
und mich ermutigen, auch wenn ich zögere.

Lieber Gott,

sage dem Engel an der Pforte des Neuen,
er möge mich erwarten
und nicht weggehen,
auch wenn ich etwas länger brauche.

Und, lieber Gott, sage dem Engel des Überganges,
er möge mich segnen, wenn ich losgehe,
er möge mich halten, wenn ich stehenbleibe,
er möge mich trösten, wenn ich stolpere,
und mich begrüßen, wenn ich ankomme.

Dass ich lache, wenn ich da bin.

THIES GUNDLACH

Schlittern –
oder wie Gott mir Beine machte

Feiner grauer Regen nieselt seit dem Morgen und wird zusammen mit dem eisigen Wind zu einem feuchten Eindringling bis auf meine Haut. »Slap!« macht es unter dem rechten Fuß und der linke setzt schnell nach. Ich halte die Luft an. »Slap!« Nochmal. Unerwartet schlurft mein rechter Fuß mehrmals und maximal unelegant nach vorne weg, über die frisch vereisenden Pflastersteine. Unwillkürlich wölben sich meine Schultern und Arme leicht nach oben, wie wenn ein großer Vogel in meinen Mantel eingezogen wäre. Die Hände vereisen automatisch auf halber Höhe abgespreizt, als würde ich mich auf unsichtbare Geländer stützen. Zeitlupenartig hebt sich mein nächster Fuß, um tastend neuen Stand auf dem weggleitenden Boden zu suchen.

Um mich herum beginnen auch alle anderen Leute wie in einer bizarren Breakdance-Performance in gewölbten Bewegungen ihren Weg fortzusetzen. Links neben mir öffnet sich die Tür zum Friseurladen und eine Gisela oder Renate gerät vor mir völlig ahnungslos ins Rutschen und landet mitten in einer Gruppe jüngerer Männer, die sich aneinander festhalten und die frisch frisierte Dame schüchtern mit den Händen auffangen. Ein Stück weiter sehe ich zwei Männer ohne eigenes Zutun lautlos und sich aneinander festklammernd über den Bürgersteig Richtung Bordstein gleiten.

Ich bewege mich, wie alle um mich herum, wie ein merkwürdiges Wesen, dem das Laufenkönnen unerwartet abhandengekommen ist.

Plötzlich fängt einer der jungen Männer an. Einer fängt an, mit kräftigen Zügen – erst rechts, dann links ausholend – nach vorne zu schlittern. Schwungvoll und wie auf Kufen rutschen plötzlich alle um mich über Bürgersteige und Straßen weiter auf ihren Wegen. Links vor mir ein leises Kichern. Renate oder Gisela aus dem Friseurladen stützt sich gerade auf einen der jungen Männer, während sie gleich einem Eislaufpaar in eine Einfahrt zu ihrer Haustür schlittern, er ihre beigegoldene Handtasche über dem Arm.

Aus schweren Schritten, Ausgleiten und unsicherem Tippeln ist ein stillvergnügtes leichtes Gleiten geworden. Auch meine eigenen Schritte spritzen zaghaft und etwas verschämt nach vorn. Ob mich jemand beobachtet? Ich schaue mich um. Dann schreite ich verwegen weiter aus und schlittere los. Links. Rechts.

Gerade noch hatte ich mich mit der Nachbarin besorgt gefragt, wo das Land mit all diesen schweren ungeklärten Fragen und lauten Themen nur hinschlittern würde. Und ich hatte darüber nachgedacht, wo ich selbst gerade hineinschlittern würde mit so mancher persönlichen Entscheidung. Es ist mir aber für diesen Moment, als könnte ich auch über das hochgefährlich vereiste Lebenspflaster dieser Welt hinweg gleiten. Einfach drüber schlittern, ohne die Last der Schritte zu spüren. Ob das irgendwie Sinn macht, ist mir gerade egal. Heute schlittere ich wie lange nicht mehr und es hat eine Bedeutung. Mein Tag hat unerwartet Schwingen bekommen von oben her.

BETTINA SCHLAURAFF

Hand schmiegt sich an Hand im engen Kreise,
Und das alte Lied von Gott und Christ
Bebt durch Seelen und verkündet leise,
Dass die kleinste Welt die größte ist.

JOACHIM RINGELNATZ
(1883–1934)

Geschenkpapier-Meditation

- ☆ Du brauchst: Eine Schere, Kleber, einen Stift, Geschenkpapier.
- ☆ Hol das ganze Geschenkpapier aus dem Altpapier. Ja, alles.
- ☆ Streiche jede Verpackung einzeln glatt und lege das Papier in einem Kreis um Dich herum.
- ☆ Schau mal: Sind da noch Klebstreifenreste? Kannst Du die Sterne darauf zählen? Oder die Schneeflocken?
- ☆ Welches Geschenk hat Dein Herz gestern berührt?
- ☆ Gab es auch eines, das Dich verletzt hat? Manchmal gibt es das.
- ☆ Schneide aus jedem Geschenkpapier einen Streifen aus und klebe auf einem weißen Blatt daraus eine Krippe. Oder ein Schiff. Oder eine Tasse.
- ☆ Schreibe in das Geklebte, was Du geschenkt bekommen hast. Liebe? Vertrauen? Bücher? Socken?
- ☆ Wenn Du magst, mach ein Foto und stell es in Deinen Whats-App-Status, schick es Deinem Sohn oder zeig es auf Facebook. Oder lass es einfach sein.

SABRINA WILKENSHOF

Denn ich allein weiß, was ich mit euch vorhabe:
Ich, der Herr, habe Frieden für euch im Sinn und will
euch aus dem Leid befreien. Ich gebe euch wieder
Zukunft und Hoffnung. Mein Wort gilt! Wenn ihr dann
zu mir ruft, wenn ihr kommt und zu mir betet,
will ich euch erhören. Wenn ihr mich sucht, werdet ihr
mich finden. Ja, wenn ihr von ganzem Herzen nach mir
fragt, will ich mich von euch finden lassen.

JEREMIA 29,11-14a

Ein Segen

daß es dich gibt mein Freund
wie schön daß ich dich kenne

Gott möge dich aus ihrer Fülle beschenken
mit bunten Leuten und offenem Blick
mit Liebe von anderen und aus dir selber
mit Fragen und Hunger nach Antwort und Sinn

Ich wünsche dir daß du satt wirst mit Leben
mit Schwimmen und Tauchen Spazierengehen
mit Arbeiten Lesen Erzählen und Hören
Gott gebe dir Tränen bei Schmerzen und Trauer
Gott werde dir Hoffnung und Freude und Glück

CAROLA MOOSBACH

Stille Winterstraße

Es heben sich vernebelt braun
Die Berge aus dem klaren Weiß,
Und aus dem Weiß ragt braun ein Zaun,
Steht eine Stange wie ein Steiß.

Ein Rabe fliegt, so schwarz und scharf,
Wie ihn kein Maler malen darf,
Wenn er's nicht etwas kann.
Ich stapfe einsam durch den Schnee.
Vielleicht steht links im Busch ein Reh
Und denkt: Dort geht ein Mann.

JOACHIM RINGELNATZ
(1883–1934)

Wunder erwarten

Der Zug nach Sylt hat Verspätung, ich komme erst spät nachts an. »Komm, wir gehen zum Strand«, sagt meine Bekannte, die ich für ein paar Tage besuche. »Aber da ist es doch stockdunkel«, erwidere ich. »Eben.« Und schon gehen wir los mit unseren Taschenlampen. Über die Dünen bis zum Wasser. Das Meer ist schwarz. Der Himmel nicht. Es ist der Moment, als ich zum ersten Mal wahrnehme, dass die Milchstraße sich tatsächlich wie ein breites, helles Sternenband über den Himmel zieht. Ich habe immer in kleineren oder größeren Städten gelebt und sie nie in dieser Pracht gesehen. Mit weit aufgerissenen Augen stehe ich da, mein Mund sperrangelweit offen. Meine Freundin lacht. »Wieso sehen Menschen, wenn sie über etwas staunen, immer so belämmert aus?« Und sie hat recht. Der offene Mund. Der leere Blick. Vielleicht verbinden wir das mit Dümmlichkeit, weil wir in einer Kultur leben, die das Staunen nicht achtet. Kinder staunen. Erwachsene, die staunen, wirken schnell kindlich. Für manche sogar: kindisch. Kinder erwarten noch alles vom Leben. Das Mögliche. Und das Unmögliche. Vielleicht ahnen wir Erwachsenen da schon die Enttäuschungen, die früher oder später eintreten. Und darum erwarten wir lieber gar nichts mehr. Schon gar kein Wunder.

Advent heißt: Warten. Erwarten. Ja – was erwarten wir? Ein Jahr geht zu Ende. Ein neues beginnt. In dem wird nicht alles gut sein. Und nicht alles schlecht. Was ich uns wünsche: dass wir empfänglich bleiben für die Wunder, die Gott in uns gelegt hat. Das wir alles erwarten. Das Mögliche. Und das Unmögliche.

ALEXANDER BRANDL

Und der Herr zog vor ihnen her,
am Tage in einer Wolkensäule,
um sie den rechten Weg zu führen,
und bei Nacht in einer Feuersäule,
um ihnen zu leuchten,
damit sie Tag und Nacht wandern konnten.
Niemals wich die Wolkensäule
von dem Volk bei Tage
noch die Feuersäule bei Nacht.

2. MOSE 13,21f.

Geständnis

Ich bin so froh daß Du bei uns bist Gott
daß es Dich gibt am Anfang und am Ende
daß ich Dich spüre mittendrin und immer wieder
ganz anders war mein Leben in der Welt ohne Dich

Ich kann das nicht so gut zugeben Gott
es klingt viel zu fromm und so bin ich doch gar nicht
kein mildes Gesäusel und die andere Wange
es ist einfach nur so daß ich Dich liebe

Schicht um Schicht füllst Du meine Seele auf Gott
immer mutiger werde ich und freier
und wütend wenn sie Dich zum Angstgespenst machen
und uns zu sich krümmenden Würmern

Bei Dir kann ich eine Frau mit Würde sein Gott
keine Puppe an deren Fäden Du ziehst
kein Schaf und auch keine Untertanin
Dein Geschöpf bin ich Gott vom Anfang bis zum Ende

CAROLA MOOSBACH

Winternacht

Verschneit liegt rings die ganze Welt,
Ich hab nichts, was mich freuet,
Verlassen steht der Baum im Feld,
Hat längst sein Laub verstreuet.

Der Wind nur geht bei stiller Nacht
Und rüttelt an dem Baume,
Da rührt er seine Wipfel sacht
Und redet wie im Traume.

Er träumt von künft'ger Frühlingszeit,
Von Grün und Quellenrauschen,
Wo er im neuen Blütenkleid
Zu Gottes Lob wird rauschen.

JOSEPH VON EICHENDORFF
(1788–1857)

Wann ist ein Mann ein Mann?

Als Maria dem Josef vertraut war, fand es sich, ehe sie zusammenkamen, dass sie schwanger war von dem Heiligen Geist. Josef aber, ihr Mann, der fromm und gerecht war und sie nicht in Schande bringen wollte, gedachte, sie heimlich zu verlassen. Als er noch so dachte, siehe, da erschien ihm ein Engel des Herrn im Traum und sprach: Josef, du Sohn Davids, fürchte dich nicht, Maria, deine Frau, zu dir zu nehmen; denn was sie empfangen hat, das ist von dem Heiligen Geist. (...) Als nun Josef vom Schlaf erwachte, tat er, wie ihm der Engel des Herrn befohlen hatte. (Nach: Matthäusevangelium 1,18-20.24)

Wann ist ein Mann ein Mann? In meiner Jugend gab's eine Rangordnung in der Klasse: Die Jungs, die gut im Fußball waren, standen ganz oben. Leider hatte ich zwei linke Beine. Und einfach kein Interesse am Kicken, Dribbeln und Grätschen. Einmal wollte mich ein Sportlehrer vorm Fußballspielen verschonen. Während die anderen auf dem Spielfeld bolzten, ließ er mich mit einem Tretroller den Platz umrunden. Gut gemeint war das. Aber für mich als junger Mann eine Schmach.

Zwanzig Jahre später begegne ich einem Mitschüler von damals. Wir erinnern uns zurück an die Schule, auch an den Sportunterricht. »Du«, sagt er plötzlich, »ich war so gut in Fußball. Jeder wollte mich im Team. Aber als ich dich auf dem Tretroller gesehen habe, war ich neidisch. Denn: Ich hätte mir das nie erlaubt.«

Wann ist ein Mann ein Mann? Ich erlebe manchmal, wie Menschen mit der Bibel wedeln und rufen, Gott wolle traditionelle Geschlechterrollen. Der Mann als Macher. Ernährer. Erzeuger. Und dann schaue ich in diese Bibel, in die Evangelien. Und der allererste Mann, der mir vorgestellt wird, ist ein sensibler Träumer. Josef. Er weiß: Dieses Kind, das seine Verlobte erwartet – es ist nicht von ihm. Im Traum spricht ein Engel zu ihm. Und Josef tut das nicht als Träumerei ab, sondern hört zu. Er überdenkt und ändert seine Pläne. Josef will einfach da sein. Für Maria und das Kind. Was für ein feinfühliger Mann – dieser Josef, der seine Rolle als Mann neu findet. Ein Begleiter beim Warten auf Gott, der Mensch wird und mein Mensch-Sein aus allen Rollenzwängen befreit.

ALEXANDER BRANDL

Niemand zündet ein Licht an und setzt es in einen Winkel,
auch nicht unter einen Scheffel, sondern auf den Leuchter,
damit, wer hineingeht, das Licht sehe.
So schaue darauf, dass nicht das Licht in dir Finsternis sei.
Wenn nun dein ganzer Leib licht ist und kein Teil an ihm finster,
dann wird er ganz licht sein, wie wenn dich das Licht
erleuchtet mit hellem Schein.

LUKAS 11,33.35-36

Neuschnee

Flockenflaum zum ersten Mal zu prägen
mit des Schuhs geheimnisvoller Spur,
einen ersten schmalen Pfad zu schrägen
durch des Schneefelds jungfräuliche Flur –

Kindisch ist und köstlich solch Beginnen,
wenn der Wald dir um die Stirne rauscht
oder mit bestrahlten Gletscherzinnen
deine Seele leuchtende Grüße tauscht.

CHRISTIAN MORGENSTERN
(1871–1914)

Gleichwie der Regen und
Schnee vom Himmel fällt und
nicht wieder dahin zurückkehrt,
sondern feuchtet die Erde
und macht sie fruchtbar und
lässt wachsen, dass sie gibt Samen
zu säen und Brot zu essen,
so soll das Wort, das aus meinem
Munde geht, auch sein:
Es wird nicht wieder leer zu mir
zurückkommen, sondern wird tun,
was mir gefällt, und ihm wird
gelingen, wozu ich es sende.

JESAJA 55,10f.

Ich ruhe in dir

Mein Herz, o Gott,
will nicht Ansehen, nicht Macht.

Ich schaue nicht nach Ruhm aus
und nicht nach Reichtum.

Ich gehe nicht mit großen Plänen um
und nicht mit Träumen über große Dinge.

Sie sind zu wunderbar für meinen Geist.
Ich taste dein Geheimnis nicht an.

Mein Herz ist still,
und Frieden ist in meiner Seele.

Wie ein gestilltes Kind bin ich,
das bei seiner Mutter schläft.

Wie ein gesättigtes Kind,
so ist meine Seele still in mir.

Ich vertraue allein dir,
heute und in Ewigkeit.

JÖRG ZINK (1922–2016)

alle Dinge Silber

80

Es gibt so wunderweiße Nächte

Es gibt so wunderweiße Nächte,
drin alle Dinge Silber sind.
Da schimmert mancher Stern so lind,
als ob er fromme Hirten brächte
zu einem neuen Jesuskind.

Weit wie mit dichtem Diamantenstaube
bestreut, erscheinen Flur und Flut,
und in die Herzen, traumgemut,
steigt ein kapellenloser Glaube,
der leise seine Wunder tut.

RAINER MARIA RILKE
(1875–1926)

Lege mich wie ein Siegel auf dein Herz,
wie ein Siegel auf deinen Arm.
Denn Liebe ist stark wie der Tod und Leidenschaft
unwiderstehlich wie das Totenreich.
Ihre Glut ist feurig und eine gewaltige Flamme.
Viele Wasser können die Liebe nicht auslöschen
noch die Ströme sie ertränken.

Hoheslied 8,6-7a

Gewissens-Bissen zum Jahreswechsel

Und dann ist da dieser Moment, in dem ich wie aus einem Traum erwache und überall ist Fett. An allen zehn Fingern: Fett. Um meinen Mund herum: Fett. Auf den zerknüllten Papierservietten: Fett. In mir drin: sehr viel Fett. Ich blicke mich um, mit gespreizten Fingern, lecke mit der Zunge über meine Mundwinkel. Unbeholfen sitze ich da, verloren und erschöpft. Draußen ist es dunkel, und dieser Ort ist aus irgendeinem Grund mit gleißend hellem Stadionlicht ausgeleuchtet. Nichts bleibt hier verborgen. Das Jüngste Gericht? Nein, ein Fastfood-Restaurant.

Ich stelle mir vor, wie gerade in dieser Sekunde all die Menschen am Fenster vorbeilaufen, die mich keinesfalls hier sehen sollen. Zwischen Cola, Pommes, Triple-Beef-Burger und einer frittierten Apfeltasche. All die Menschen, die ich so schätze für ihren klaren moralischen Kompass, für ihren Einsatz für die Umwelt, für das Klima, für Tierwohl, für die Schöpfung. Denen ich so sehr nacheifern will. Deren Sichtweisen ich unterstütze, in den sozialen Medien, in Diskussionen. Ich stelle mir vor, wie sie stehenbleiben, mich erblicken, und wie sie durch die Tür kommen, die Nase rümpfen, weil es hier nach zwölf Stunden Fritteusen-Dauereinsatz riecht, was mein Mantel noch für weitere 48 Stunden wie einen stinkenden Sternenschweif durch die Welt tragen wird. Vor meinem vollgemüllten Tischchen bleiben sie stehen, stumm, und schütteln den Kopf. »Happy New Year«, denke ich mir. Denn das Jahr geht zu Ende und ein neues beginnt. Und hier, auf der Zielgeraden, kurz bevor ich auf zwölf ausgewogene Monate hätte zurückschauen können, bin ich links abgebogen. Im Advent, der Zeit des Wartens und der Beharrlichkeit, wurde ich schwach. Ich wollte nicht fünf Fritten im Vorbeigehen. Ich wollte das ganze Menü. The big one. Keine Kompromisse zum Jahresende.

Als mir der dreifachverpackte Kalorienberg über den Tresen gereicht wird, weiß ich: Das ist schlecht. In jeder Hinsicht. Schlecht für die Welt. Schlecht für das Tierwohl. Schlecht für meinen Körper. Schon der erste Bissen aber verkündet mir: Das ist gut. Du bist gut. Hier darfst du sein. In wie vielen Predigten, Mediationsworkshops und Yoga-Retreats wurde mir das schon zu verklickern versucht. Aber erst hier, vor dem mayonnaiseverschmierten Kunststofftablett, kann ich es annehmen. Sein dürfen. Ich spüre mit jedem Schluck überzuckerter Cola, wie sich meine Nackenmuskulatur löst, wie mein Bauch plötzlich entspannt über den Gürtel hängt, nachdem ich ihn offenbar monatelang eingezogen habe. Wie kann etwas so Falsches so gut sein?

Das hier ist kein Versuch, mit reinem Gewissen ins neue Jahr zu rutschen. So von wegen: Ich bin eben ein Mensch, wir machen alle Fehler. Am besten noch irgendwas mit Sünde und Vergebung. Nö. Es gibt Dinge, die sind schlecht. Fastfood-Fleisch ist der moralische Endgegner. Aus einem Chicken-Nugget-süßsauer-Gemetzel kommst du nicht ohne Schuld raus. Und jetzt? Ab Januar doch wieder nur Chili con Sojagranulat?

Wenn ich auf einer Party bin und neue Leute kennenlerne, bummeln wir erst mal eine halbe Stunde durch Smalltalk, bis das Gespräch irgendwann tiefgründiger wird. Wenn überhaupt. Es ist erstaunlich, wie viele Menschen zwei Stunden lang über Wanderschuhe reden können. Anders geht es mir im Gespräch mit älteren Menschen. Die halten sich nicht mit solchen Dingen auf. Vielleicht, weil sie einfach nicht mehr so viel Zeit haben. Die wirklich wichtigen Dinge in meinem Leben habe ich von ihnen gelernt. Als Pfarrer spreche ich regelmäßig mit Seniorinnen und Senioren. Oft geht es ums Ganze. Sterben, Einsamkeit, Schuld, Todesangst: All das, was ein »Millennial« wie ich jahrelang verdrängt, kommt bei den Älteren auf den Tisch. Ich schiebe mir den ersten Butterkeks rein und zack, sitzt der verstorbene Ehemann neben uns auf dem Sofa – also, gedanklich.

Meine Erfahrung ist: Wenn alte Menschen auf ihr Leben zurückschauen, unter vier Augen, dann sind sie dabei oft schonungslos. Manchmal ist das für mich schwer auszuhalten. Besonders dann, wenn sich jemand schuldig fühlt. Für eine kaputte Ehe. Eine kaputte Familie. Für fehlende Liebe. Früher hatte ich den Impuls zu sagen: »Ach nein, dafür können Sie doch nichts!« Ich sage es nicht mehr. Was weiß ich schon. Ich urteile nicht und ich verschenke auch keine Freisprüche wie das Christkind Geschenke. Es steht mir nicht zu. Was ich tun kann: Nicht wegschauen, nicht ablenken. Da sein. Und manchmal verwandelt sich etwas. Nicht nur bei den alten Menschen, sondern bei mir. Ich merke: Diese Schuld, ich kann sie nicht wegmachen, nicht vergeben. Sie bleibt. Und es ist unerträglich, dass wir Menschen immer wieder das Gute wollen und das Schlechte tun. Aber eine Sache ist gut daran: Dass ich nicht auch noch urteilen muss. Ich bin nicht Gott.

Jetzt am Ende des Jahres ziehe ich Bilanz. Und ja, ich finde es weiterhin richtig, wenn Menschen sich fleischlos ernähren. Weil so viel dafürspricht. Und trotzdem will ich meine Arme ausgebreitet lassen, meinen Blick zugewandt und meine Ohren offen, für die Burger-Junkies da draußen. Und für die Veggie-Fans. Für die Verlassenen. Und für die, die glauben, nichts als Scherben zu hinterlassen. Mein Wunsch fürs neue Jahr: Dass wir uns aushalten. Dass wir einander zugewandt sind. Gerne klar in der Sache. Aber gnädig im Herzen.

Es ist nicht mehr viel los im Fastfood-Restaurant. Meine Pommes-Tüte ist leer und meine fettigen Finger habe ich an meiner Jeans abgewischt, weil ich mir zu wenig Servietten mitgenommen habe. Ich gehe zur Glastür und drehe mich ein letztes Mal um. Ich sehe den Müllberg, den ich im Tablettwagen hinterlassen habe.

Aber wohin mit meiner Schuld? Die Frau an der Kasse nickt mir nicht freundlich zu, sie hat anderes zu tun. Keine Absolution für mich. Nicht heute. Nicht morgen. Ich werde sie wohl mitnehmen in das neue Jahr, meine Schuld. Aber daran zerbrechen muss ich nicht. Gott behüte.

ALEXANDER BRANDL

Iss dein Brot, trink deinen Wein und sei fröhlich dabei! Denn Gott hat schon lange sein Ja dazu gegeben. Trag immer schöne Kleider und salbe dein Gesicht mit duftenden Ölen! Genieße das Leben mit der Frau, die du liebst, solange du dein vergängliches Leben führst, das Gott dir auf dieser Welt gegeben hat. Genieße jeden flüchtigen Tag, denn das ist der Lohn für deine Mühen. Wenn du etwas tust, dann sei mit vollem Einsatz bei der Sache!

PREDIGER 9,7-10a

*Herr Jesus Christus,
das letzte Wort des Jahres
und das erste Wort des Jahres
ist dein Name –
dein Name, der alle selig macht,
in dem alle Liebe ist,
in dem alle Bergung ist,
in dem alle Heimat ist,
in dem alle Freude,
alles Heil, aller Sieg ist
und alle Seligkeit.
Herr Jesus Christus,
unser Herz redet
in Dankbarkeit und Liebe zu dir.
In dir und mit dir lass uns leben.
Lass uns bei dir bleiben bis du kommst.
In deinen lieben Namen
bergen wir die Unsern.
In deinen heiligen Namen
bergen wir alle Menschen.*

*Gelobt seist du!
Du bist so gut,
du merkst auf uns,
du lässt uns nie mehr allein!
Herr Jesus Christus,
immer und immer
wollen wir deinen Namen
beten, lieben und glauben.
Du bist das A und O unseres Lebens.
Lass keinen von uns
ohne solches Freuen an Deinem Namen.
Dein Name erfüllt alle Armut!
Dein Name löst alle Einsamkeit!
Hochgelobt bist du in Ewigkeit!*

HANNA HÜMMER (1910–1977)

INHALT
Seite

- 4 Und das Licht scheint in der Finsternis
  JOHANNES 1,5
- 5 Provokante Engel ALEXANDER BRANDL
- 7 Alleinsein GIANNINA WEDDE
- 8 Gott, sende zu mir deinen Engel des Glanzes THIES GUNDLACH
- 9 Elijas Gottesbegegnung
  1. KÖNIGE 19,4-13
- 11 Schöne Nacht CARL BUSSE
- 12 Sternkrippe EVA ZELLER
- 13 magier aus dem osten
  THOMAS SCHLAGER-WEIDINGER
- 14 Weihnachten auf Verdacht
  THOMAS HIRSCH-HÜFFELL
- 16 Jesu Geburt LUKAS 2,1-20
- 18 Dein Wort ist meines Fußes Leuchte
  PSALM 119,105
- 19 Die anders heilige Familie
  ALEXANDER BRANDL
- 21 Wütendes Liebeslied KURT MARTI
- 22 Ein freundliches Wort
  JAPANISCHES SPRICHWORT
- 24 Gottflamme, Du Schöne
  CAROLA MOOSBACH
- 26 Psalm 36. Licht-Schöpfung UWE SEIDEL
- 27 Denn bei Dir ist die Quelle des Lebens
  PSALM 36,10
- 28 Von guten Mächten
  DIETRICH BONHOEFFER
- 30 Du gehörst dem Licht und nicht der Angst SABRINA WILKENSHOF
- 36 Der Segen Aarons JÖRG ZINK
- 38 Wer unter dem Schutz des Höchsten wohnt PSALM 91,1.2.4
- 39 Neun Monate Schweigen
  ALEXANDER BRANDL
- 42 Verabredung HORST BINGEL
- 44 Geburt Christi RAINER MARIA RILKE
- 45 Unverdient SABRINA WILKENSHOF
- 50 Wenn das, was ist, nicht alles ist
  ALEXANDER BRANDL
- 52 Simeon THOMAS SCHLAGER-WEIDINGER
- 54 Jeschua ALEXANDER BRANDL

55	Auf freiem Feld ARNIM JUHRE
56	Märchentagung DOROTHEE SÖLLE
58	Der Mistkäfer und ich ALEXANDER BRANDL
60	Lieber Gott, sage dem Engel an der Pforte des Alten THIES GUNDLACH
61	Schlittern – oder wie Gott mir Beine machte BETTINA SCHLAURAFF
63	Ein fröhliches Herz SPRÜCHE 15,13a
64	Hand fügt sich Hand im engen Kreise JOACHIM RINGELNATZ
65	Geschenkpapier-Meditation SABRINA WILKENSHOF
66	Denn ich allein weiß, was ich mit euch vorhabe JEREMIA 29,11-14a
67	Ein Segen CAROLA MOOSBACH
68	Stille Winterstraße JOACHIM RINGELNATZ
70	Wunder erwarten ALEXANDER BRANDL
71	Und der Herr zog vor ihnen her 2. MOSE 13,21f.
72	Geständnis CAROLA MOOSBACH
73	Winternacht JOSEPH VON EICHENDORFF
74	Wann ist ein Mann ein Mann? ALEXANDER BRANDL
76	Niemand zündet ein Licht an LUKAS 11,33.35-36
77	Neuschnee CHRISTIAN MORGENSTERN
78	Gleichwie der Regen und Schnee JESAJA 55,10f.
79	Ich ruhe in dir JÖRG ZINK
80	Es gibt so wunderweiße Nächte RAINER MARIA RILKE
82	Lege mich wie ein Siegel auf dein Herz HOHESLIED 8,6-7a
83	Gewissens-Bissen zum Jahreswechsel ALEXANDER BRANDL
87	Iss dein Brot PREDIGER 9,7-10a
88	Herr Jesus Christus HANNA HÜMMER

VERZEICHNIS
DER AUTORINNEN UND AUTOREN

HORST BINGEL (1933–2008),
Schriftsteller, Lyriker und Grafiker

DIETRICH BONHOEFFER (1906–1945),
lutherischer Theologe und Schriftsteller

ALEXANDER BRANDL,
Rundfunkprediger und evangelischer
Pfarrer in München

CARL BUSSE (1772–1829),
Autor, Pastor und Superintendent

JOSEPH VON EICHENDORFF (1788–1857),
Schriftsteller und Lyriker

THIES GUNDLACH,
evangelischer Theologe

THOMAS HIRSCH-HÜFFELL,
evangelischer Pastor i. R.
www.unglauebigesstaunen.wordpress.com

HANNA HÜMMER (1910–1977),
Mitbegründerin der Christusbruderschaft
Selbitz, Autorin

ARNIM JUHRE (1925–2015),
Schriftsteller, Dichter und Autor

KURT MARTI (1921–2017),
schweizer evangelisch-reformierter Pfarrer
und Schriftsteller

CAROLA MOOSBACH,
Schriftstellerin und Juristin

CHRISTIAN MORGENSTERN (1871–1914),
Schriftsteller, Dichter und Übersetzer

RAINER MARIA RILKE (1875–1926),
österreichischer Lyriker

JOACHIM RINGELNATZ (1883–1934),
Schriftsteller, Kabarettist und Maler

THOMAS SCHLAGER-WEIDINGER,
österreichischer Historiker, Theologe
und Autor

BETTINA SCHLAURAFF,
evangelische Theologin

UWE SEIDEL (1937–2007),
evangelischer Theologe und Schriftsteller

DOROTHEE SÖLLE (1929–2003),
feministische evangelische Theologin
und Dichterin

GIANNINA WEDDE,
Germanistin, Philosophin, Publizistin
und Künstlerin
www.klanggebet.de

SABRINA WILKENSHOF,
evangelische Theologin, Pfarrerin
und Autorin
www.frommundfreitag.de

EVA ZELLER (1923–2022),
Schriftstellerin

JÖRG ZINK (1922–2016),
evangelischer Theologe, Pfarrer
und Publizist

NACHWEIS
DER ABDRUCKRECHTE

BIBELTEXTE
Lutherbibel, revidiert 2017,
© 2016 Deutsche Bibelgesellschaft,
Stuttgart

Gute Nachricht Bibel, durchgesehene Neuausgabe, © 2018
Deutsche Bibelgesellschaft,
Stuttgart

BasisBibel, © 2021 Deutsche
Bibelgesellschaft, Stuttgart

HORST BINGEL
Verabredung © Barbara Bingel,
Frankfurt a. M. www.horstbingel.de

DIETRICH BONHOEFFER
Von guten Mächten, aus ders.:
Widerstand und Ergebung, hrsg.
von Christian Gremmels, Eberhard
Bethge und Renate Bethge in
Zusammenarbeit mit Ilse Tödt, DBW
© 1998 by Gütersloher Verlagshaus
in der Verlagsgruppe Random House
GmbH, München.

ALEXANDER BRANDL
Alle Texte sind für dieses Buch entstanden.

THIES GUNDLACH
Lieber Gott, sage dem Engel an der Pforte des Alten und *Gott, sende zu mir deinen Engel des Glanzes* aus, ders.: Lass dich finden von meiner Sehnsucht © 2004, Gütersloher Verlagshaus, Gütersloh, in der Penguin Random House Verlagsgruppe GmbH

HANNA HÜMMER
Herr Jesus Christus, das letzte Wort des Jahres …, aus dies.: Lass leuchten mir dein Angesicht, Gebete, Seite 43 © 1971, 5. Auflage 2020 Christusbruderschaft Selbitz – Buch- & Kunstverlag, 95152 Selbitz

THOMAS HIRSCH-HÜFFELL
Weihnachten auf Verdacht © Thomas Hirsch-Hüffell
https://www.evangelisch.de/blogs/spiritus/221192/18-12-2023
https://unglaeubigesstaunen.wordpress.com/

ARNIM JUHRE
Auf freiem Feld, aus ders.: Die Schatten über meiner Hand. Gedichte © 1984 by Radius-Verlag, Stuttgart

KURT MARTI
Wütendes Liebeslied, aus ders.: Ungrund der Liebe. Klagen Wünsche Lieder © 2011 by Radius-Verlag, Stuttgart

CAROLA MOOSBACH
Gottflamme, Du Schöne, aus: Bärbel Fünfsinn und Aurica Jax (Hrsg.). Ins leuchtende Du. Aufstandsgebete und Gottespoesie von Carola Moosbach, S. 105, © 2021 by EB-Verlag, Berlin
Geständnis und Ein Segen, aus dies.: Gottflamme, Du Schöne, Gütersloher Verlagshaus 1997, S. 63 und 67 © Carola Moosbach

THOMAS SCHLAGER-WEIDINGER
magier aus dem osten und simeon, aus ders.: verwand[el]te seelen. theopoetische annäherungen an 55 biblische gestalten © Echter Verlag, Würzburg 2015

BETTINA SCHLAURAFF
Schlittern – oder wie Gott mir Beine machte © Bettina Schlauraff
https://www.evangelisch.de/blogs/spiritus/227009/28-01-2024

UWE SEIDEL
Licht-Schöpfung (Psalm 36), aus: Hanns Dieter Hüsch/Uwe Seidel, Ich stehe unter Gottes Schutz, Seite 50, 2018/16 © tvd-Verlag Düsseldorf, 1996

GIANNINA WEDDE
Sehnsucht, aus dies.: In winterweißer Stille © Vier-Türme GmbH, Münsterschwarzach, 2021

DOROTHEE SÖLLE
Märchentagung, in dies.: Spiel doch von Brot und Rosen, Gedichte, Berlin, 1981, S. 122 © Wolfgang Fietkau Verlag

SABRINA WILKENSHOF
Du gehörst dem Licht und nicht der Angst © Sabrina Wilkenshof
https://frommundfreitag.de/2019/du-gehoerst-dem-licht-und-nicht-der-angst/

Unverdient und Geschenkpapier-Meditation, aus dies.: Wie man den Staub von der Hoffnung putzt © Vier-Türme GmbH, Verlag, Münsterschwarzach, 2023

EVA ZELLER
Sternkrippe, aus: Im Brennglas der Worte. Zeitgenössische Lyrik als Element der Liturgie. hg. v. Erhard Domay und Vera-Sabine Winkler, Gütersloh 2002, S. 32
© Dr. Susanne Zeller

JÖRG ZINK
Der Segen Aarons und Ich ruhe in dir, aus ders.: Stern über dunklem Land, © 2008 Verlag Herder GmbH, Freiburg i. Br.

BILDNACHWEIS

UMSCHLAG
Titel: leszekglasner/AdobeStock;
Klappe vorne: Johanna Degenstein;

INNENTEIL
Seite 4: Roxana Zerni/Unsplash.com,
Seite 11: Gabriele Motter/Unsplash.com,
Seite 16/17: Isaac Quesada/Unsplash.com,
Seite 18: Edoardo Bortoli/Unsplash.com,
Seite 22: öde_inge/photocase.de,
Seite 25: leszekglasner/AdobeStock,
Seite 28/29: Richard Pennystan/Unsplash.com,
Seite 31: Alexandre Perotto/Unsplash.com,
Seite 36: Kate Williams/Unsplash.com,
Seite 41: Engin Akyurt/Unsplash.com,
Seite 42/43: derProjektor/photocase.de,
Seite 46: Vince Fleming/Unsplash.com,
Seite 50: rgbdigital/iStockphoto.com,
Seite 52: Patrick Lohmüller/photocase.de,
Seite 56: as_seen/photocase.de,
Seite 58: Mingfei Hou/iStockphoto.com,
Seite 60: afcdesign_de/photocase.de,
Seite 63: Waldemar/Unsplash.com,
Seite 64: Michael Heuss/Unsplash.com,
Seite 68/69: gordon.below.fototrainer/photocase.de,
Seite 73: Oleh Holodyshyn/Unsplash.com,
Seite 74/75: alexey_boldin/iStockphoto.com,
Seite 77: Jeremy Perkins/Unsplash.com,
Seite 78/79: Christin Hume/Unsplash.com,
Seite 80/81: Anne Nygard/Unsplash.com,
Seite 82/83: rchmercigod/iStockphoto.com,
Seite 87: kallejipp/photocase.de

Alles kribbelt, duftet und zwitschert...
Es ist Frühling!

Wenn wir die Trägheit des Winters abschütteln, wenn alles zu neuem Blühen, Wachsen und Grünen erwacht, dann zieht es alle raus. Die ersten Sonnenstrahlen auf dem Balkon erhaschen, das Summen und Brummen im Park oder Garten genießen. Dieses Buch fängt den Frühling ein und erzählt vom Wachsen und Werden. Von dem, was vor Augen ist, und von dem, was noch kommen kann. Vom Hoffen und vom Staunen über das Auferstehen von längst Totgeglaubtem.

Mit biblischen Texten und Beiträgen bekannter Autorinnen und Autoren wie Joachim Ringelnatz, Beatrice von Weizsäcker, Thomas Hirsch-Hüffell, Christina Brudereck, Giannina Wedde, Hanna Hümmer, Tina Willms – und vielen eigens für dieses Buch verfassten, frühlingsfrischen Texten von Alexander Brandl.

Ein luftig-leichtes Lesevergnügen mit Tiefgang!

Alexander Brandl (Hrsg.)
Hoffnungsschimmern
Geschichten und Gebete
mit guten Aussichten

96 Seiten | 18 x 16 cm | Klappenbroschur
zahlreiche farbige Abbildungen | mit Samenpapier

edition chrismon   ISBN 978-3-96038-383-3
Deutsche Bibelgesellschaft   ISBN 978-3-438-06104-1

EUR 15,00 (D)

BESTELLEN SIE JETZT
eva-leipzig.de | shop.die-bibel.de
oder bei Ihrem Buchhändler

IMPRESSUM

Bibliografische Information der Deutschen Nationalbibliothek:
Die Deutsche Nationalbibliothek verzeichnet diese Publikation in der
Deutschen Nationalbibliografie; detaillierte bibliografische Daten
sind im Internet über http://dnb.d-nb.de abrufbar.

© 2024 by edition chrismon in der Evangelischen Verlagsanstalt GmbH · Leipzig
und Deutsche Bibelgesellschaft · Stuttgart
Printed in EU

Das Werk einschließlich aller seiner Teile ist urheberrechtlich geschützt.
Jede Verwertung außerhalb der Grenzen des Urheberrechtsgesetzes
ist ohne Zustimmung des Verlags unzulässig und strafbar. Das gilt
insbesondere für Vervielfältigungen, Übersetzungen, Mikroverfilmungen
und die Einspeicherung und Verarbeitung in elektronischen Systemen.

Das Buch wurde auf alterungsbeständigem Papier gedruckt.

Gesamtgestaltung: Anja Haß, Leipzig
Bildredaktion: Anja Haß, Leipzig und Lena Uphoff, Frankfurt
Druck und Bindung: GRASPO CZ a.s., Zlín

ISBN 978-3-96038-409-0
www.eva-leipzig.de

ISBN 978-3-438-06322-9
www.die-bibel.de